기획의 말

그리운 마음일 때 'I Miss You'라고 하는 것은 '내게서 당신이 빠져 있기(miss) 때문에 나는 충분한 존재가 될 수 없다'는 뜻이라는 게 소설가 쓰시마 유코의 아름다운 해석이다. 현재의 세계에는 틀림없이 결여가 있어서 우리는 언제나 무언가를 그리워한다. 한때 우리를 벅차게 했으나 이제는 읽을 수 없게 된 옛날의 시집을 되살리는 작업 또한 그 그리움의 일이다. 어떤 시집이 빠져 있는 한, 우리의 시는 충분해질 수 없다.

더 나아가 옛 시집을 복간하는 일은 한국 시문학사의 역동성이 드러나는 장을 여는 일이 될 수도 있다. 하나의 새로운 예술작품이 창조될 때 일어나는 일은 과거에 있었던 모든 예술작품에도 동시에 일어난다는 것이 시인 엘리엇의 오래된 말이다. 과거가 이룩해놓은 질서는 현재의 성취에 영향받아 다시 배치된다는 것이다. 우리는 현재의 빛에 의지해 어떤 과거를 선택할 것인가. 그렇게 시사(詩史)는 되돌아보며 전진한다.

이 일들을 문학동네는 이미 한 적이 있다. 1996년 11월 황동규, 마종기, 강은교의 청년기 시집들을 복간하며 '포에지 2000' 시리즈가 시작됐다. "생이 덧없고 힘겨울 때 이따금 가슴으로 암송했던 시들, 이미 절판되어 오래된 명성으로만 만날 수 있었던 시들, 동시대를 대표하는 시인들의 젊은 날의 아름다운 연가(戀歌)가 여기 되살아납니다." 당시로서는 드물고 귀했던 그 일을 우리는 이제 다시 시작해보려 한다.

희치희치

문학동네포에지 089

희치희치

초판 인쇄 2023년 12월 10일
초판 발행 2023년 12월 22일

지은이—김은주
책임편집—김민정
편집—유성원 김동휘 권현승 유정서
표지 디자인—이기준 이혜진
본문 디자인—이혜진
저작권—박지영 형소진 최은진 서연주 오서영
마케팅—정민호 박치우 한민아 이민경 박진희 정경주 정유선 김수인
브랜딩—함유지 함근아 고보미 박민재 김희숙 박다솔 조다현 정승민
배진성
제작—강신은 김동욱 이순호
제작처—영신사

펴낸곳—(주)문학동네
펴낸이—김소영
출판등록—1993년 10월 22일 제2003-000045호
주소—10881 경기도 파주시 회동길 210
전자우편—editor@munhak.com
대표전화—031-955-8888 / 팩스—031-955-8855
문의전화—031-955-2689(마케팅), 031-955-8865(편집)
문학동네카페—cafe.naver.com/mhdn
인스타그램—@munhakdongne / 트위터—@munhakdongne
북클럽문학동네—bookclubmunhak.com

ISBN 978-89-546-9789-7 03810

www.munhak.com
문학동네

문학동네포에지 089

김은주 시집

희치희치

시인의 말

미온수로 손과 발을 씻고
잠자리에 들 때

불행의 반대말은 다행이고
지금의 반대말은 없거나
너무 많다

2015년 1월
김은주

개정판 시인의 말

실에 묶어 끌고 다니던 돌멩이
풀려버린 줄 모르고

실도 없이
신도 없이

가만 뒤따르고 있네

2023년 11월
김은주

차례

3부

4부

1부

교신

바람을 실천하기 위해 우주의 간니가 갈린다

톱니는 바퀴에서 나와 간신히 안전해지고

학령기의 아이들은 제 몫의 바람을 할당받기 위해

지붕으로 탈락치를 던진다

한 번도 이를 목격하지 못한 새들은

평생 공중에서

부리 거는 연습을 하다 죽을 것이다

반동놀이기구의 집

놀이공원의 나무들 기다란 바람과 놀아요 오래 기다린 바람이 대관람차를 어부바하는 오후
아빠야 바람을 먹을 땐 어떤 의성어를 써야 하지? 사부작사부작 바람을 축낼 때

나무는 남우 구름은 굴음 바람은 발암으로 갇히지 못하고 아빠는 아빠
아빠가 사각의 트램펄린 위에서 퐁당퐁당 뛰어오를 때

강생이 우리 강생이야 이리 온 구름의 성장판을 주무르듯 뺨과 이마 이마와 귓불 입술과 코 코와 눈두덩을 만질 때

3이거나 6이거나 때로는 1 가득 숫자를 써넣은 내 얼굴은 마방진 놀이판

두 눈을 꼭 감고 맹인은 어떻게 생긴 꿈을 꿀까 생각에 잠길 때

나무는 남우 구름은 굴음 바람은 발암으로 갇히지 못하고 아빠는 아빠
아빠가 사각의 트램펄린 위에서 숭덩숭덩 웃자란 시간을 자를 때

빨갛고 노란 구름의 시간을 첨삭하고 싶어
깡깡 뭉친 오후의 노을을 투명한 봉지에 담고
아빠의 재색 알루미늄 풍선을 따라 경쾌하게 걸을 때

풍선의 크기만큼만 세상이 빈 곳

그냥이라는 이름의 처방전

무지개약국에는 간판이 없습니다
언젠가 우리가 잃어버린 눈빛들이 대롱대롱 매달려 있을 뿐

염색약을 마시고 검은 물결을 머리통에 매단 소녀들아
너희가 밍밍한 어제에 대해 가늠할 때 나는
우리라고 명명된 오늘을 간음하고 있었지

구름사다리처럼 마른 곡선으로 눈뜬 소년
비어버린 평면에 대해
막자를 굴리며 바람을 채집하는 소년
넘칠 듯 말 듯한 발등에 대해
습관적으로 땅을 차며 걷는 소년
입안 가득 들어 있는 관계의 분말에 대해

시간을 자르는 도마 위를 겅중겅중 달리는 소녀들아
나와 함께 춤추지 않을래?

활달하게 조제된 공기
푸짐한 리듬의 안과 밖

이곳은 가볍고 탄성 좋은 잃어버린 날씨들의 도시
정신과 신체에 대해 반응하기 딱 좋은 세계
소년의 풀어진 눈알들

둥둥 떠다니는 소녀들

눈빛, 눈빛 단단하게 뭉쳐 우리의
무지개약국 간판 귀퉁이에다 슬쩍 매달고
그냥,

거대한 욕조의 주인

비 오는 날 마당을 가로질러 긴 줄을 맸다 이제부터 이곳은 지름길이 됩니다 쏟아지는 비와 비를 맞은 몸과 비에 젖은 옷가지 때문에 줄이 점점 늘어났다 나는 무거워지는 게 지루해 줄 위에서 뛰어내리자

공중에 계단이 생겨났다 담벼락을 지키던 고양이가 몰래 뛰어내릴 때 무릎을 구부리는 이유였다 계단이 사라진 자리는 다시 투명해지고 계속 비 쏟아지고 줄을 팽팽하게 당기면 이제부터 이곳은 골목이 됩니다 나는 무릎을 접었다 펴면서

도약하는 순간 숨을 참게 되는 이유를 궁금해했다 골목을 옆구리에 끼고 달리면 조우하는 한결같은 장면들 익숙한 표정이 빤한 반경을 낳는다 오직 늙은이가 되기 위해 성실한 일과를 각오하고 고개를 주억거릴 때

이제부터 이곳은 화살표가 됩니다 한 방향으로 비를 맞아 살이 부풀면 쭈글쭈글한 생각은 버립시다 익숙하지만 겸허한 마음이 들게 하는 줄의 끄트머리를 잡고 열차놀이를 시작하면

골목에 당도하기도 전에 사르락사르락 돌멩이 갈리는 소리로 분주한 발들 줄을 살살 달래어 반으로 가르면 두 배의 돌멩이가 생겨날까 어린 돌멩이들이. 성별을 나누고

지름길을 향해 조금씩만 더 굵어졌으면 좋겠다

빗물은 차곡차곡 낡아가고 무거워진 옷가지를 벗어버려야 하는데 부끄러움도 모르고 흠뻑 젖은 채로 침출차의 기분이 된다 의외로 소녀는 재미가 없다

식물성 아카이브

3-0
보세요 엄마 내가 얼마나 자라났는지
균형 잡힌 식생활은 겸손한 아이를 만들었지만
나는 갓난아기처럼 쪼글쪼글 웃는 역할도 할 수 있어요
집으로 가는 골목은 죄다 좌식의 태도를 취해요
손바닥을 마주 비비면 왼쪽으로만 날아가는 바람개비
수수하게 늙어 저공비행하는 비둘기의 왼쪽 심장
죄송하지만 이미 배웅을 끝마친 당신의 왼쪽 안녕도

3-1
애인은 광장에서 아몬드를 팔고
만나는 이마마다 고소한 소문을 받아냅니다
덜 자란 견과를 먹으며 뚱뚱한 기분이 되는 건
일종의 유행
잠옷 단추를 끝까지 잠근 사람들이 찡긋거리며 알 수 없는 노래를 부르는 건
그들이 불면증 환자이기 때문
때문에 우리는 함께
볶은 묏대추씨를 씹으며 고단백의 계절을 기다립니다

3-2
맹맹한 물이 가득 담긴 머그의 손잡이를 말아 쥐며
나는 우리가 활기찬 장르로 구분되길 원합니다
어제는 가판대에서 지난 분기의 신문을 훔쳤어요

검고 굵은 헤드라인을 커터 칼로 긁으면서도
필사적으로 웃지 않아요
착해지지 않기 위해 육교 밑의 낙서를 수집하고
담벼락의 스키니한 폰트를 사랑해요

3-3
온갖 결심들이 팝업처럼 타닥타닥 꽃피는 계절
오전의 식물과 오후의 식물은 나란히 바람의 버전을 학습했지만
모든 방식이 초식(草食)으로 귀결되길 바라진 않을 겁니다
조용히
그러나 종일 다물지 않는
지금은 입식 바람의 시대입니다

장화 신은 입술 파란 쥐

꼬리 없는 쥐를 처음 만났을 때 얘기해줄까? 쥐방울만 한 쥐들이 다글다글 긴 꼬리를 걸상에 걸치고 노래 부르던 교실이었어. 우리는 호밀로 만든 식빵을 타고 날아다니고 바나나 껍질 위에서 서로의 꼬리를 잡고 미끄럼 타기를 했어. 내가 독감에 걸려 갸릉갸릉 고양이 목소리로 재채기를 하기 전까지는 말이야. "아이, 깜짝이야." 화들짝 놀라 방울 깨지는 소리로 넘어지는 쥐방울들이라니. 비질비질 웃음을 비질하며 내가 허리를 꺾는 순간 꼬리가 제일 뾰름하게 생긴 녀석이 나를 향해 돌진하는 게 아니겠어? 반짝, 녀석이 빛의 속도로 사라졌을 때 화들짝과 반짝 사이 정신을 차리고 보니 내 발등에서 녀석의 앞니 하나가 질질 피를 흘리고 있는 거야. 번뜩 이빨에 상하면 불에 태운 꼬리를 잘라 붙이라던 할머니 말씀이 생각났어. 하지만 이미 놈은 꼬리를 내빼고 없었는걸? '에라, 모르겠다.' 다른 쥐를 곁눈질하기도 했지만 꼬리를 가진 쥐들은 의심이 많아 꼬리를 휘휘 감으며 사라졌어. 치근이 자라는지 자꾸 치근거리며 발등이 간지러워질 때까지 녀석은 앞니를 찾아가지 않았어. 아무튼 그때 장화 신은 쥐가 되기로 결심한 거야. 비가 오거나 가거나 햇빛이 쏟아지거나 말거나 장화를 신고 잘박잘박 꼬리를 찾아 걸었지. '아무도 나의 무거운 보폭을 이해하지 못할 거야.' 구름을 쳐다보며 가끔 뭉클뭉클 울기도 했어. 그럴수록 나는 장화 속에 사라지는 것들과 이미 사라진 것들, 앞으로 사라질 비밀을 차곡차곡 모으면서 꼬리에 꼬리를 물고 꼬리를 찾아다녔어. 바로 그때 꼬리 없는 쥐를 만난 거야. 꼬리 없는 쥐가 엉덩이를 보여주며 "나는 끌끌 돼지의 목소리를 흉내내다 꼬리를 잃었단다. 너도 나와 함께 일백서른두 개의 목소리를 모사해보지 않겠니? 장화를 벗어보렴. 어서 더러운 장화 따위는 벗어버리래두!" 나는 장화를 벗지 않았어. 꼬리 있는 쥐가 꼬리를 감추고 꼬리 없는 체한다고 생각했거든. "나는 다른 목소리를 낼 수 없는 그냥 쥐야. 빨리 성장하고 오래 늙는 병에 걸렸을 뿐이라구!" "거짓말하지 마. 평생 거짓말쟁이들에게 존댓말하기 싫으면 바른대로 말해. 거짓말은 입술을 창백하게 하거든." "웃기는 소리! 꼬리를 구할 수 있다면 내 꼬리를 잃어도 좋아." 내가 씩씩거리며 꼬리 없는 체하는 꼬리 있는 쥐를 쳐다보자 어머나 세상에, 녀석이 파란 입술을 파르르 떨며 바닥에 무언가 떨구고 있었어. 툭, 하는 소리에 놀란 꼬리 감춘 쥐는 똥꼬에서 긴 꼬리를 빌빌 싸면서 저만치 도망했지 뭐야. 내가 장화로 톡 건드리자 바스락 구겨지던 그건 종이로 만든 앞니였어. 장화 신은 입술 파란 쥐야, 너는 오늘도 장화 속에 무엇을 모으며 익살맞은 밤을 날아다니고 있니?

투명이면서 불투명인

덩그마니가 살았어요 수그린 등과 감싸안은 무릎 사이에 흐늘거리는 두 개의 봉분을 매달고서 덩그러니 산딸기를 팔고 있네요 가사도 없는 계면조의 노래만 골라 부를 때 벌렸다 오므렸다 쫍쫍 소리를 냈는데요

입술 말예요 아니 덩그마니가 아니라 산딸기가요 그건 옹알이에 가까웠는데요 윤기를 잃어버린 사기대접들이 지들끼리 부딪는 소리와 비슷했을라나 둥근 대접들은 약소한 대접을 받으면서도 종일 몸체보다 더 큰 입을 벌리고 누워 있었어요 쓰읍 군침을 삼켰을지도 모르죠

어두웠거든요 웅달의 시간은 불투명했지만 그늘과 합궁한 산딸기는 하얀 대접 위에서 점점 발개졌어요 그래요 조금씩 투명하게요 한 알 두 알 산딸기를 대하는 덩그마니의 호흡이 덥고 어지러워지는 건 말할 필요도 없죠 산딸기의 피톨들이 풍겨내는 달큼한 살내로 덩그마니의 입가에 매달린 옹알이도 어느새 합죽이가 됩시다 합!

엄지와 검지 사이에 피어나는 웅덩이 말예요 그 불투명한 동그라미들이 늘어갈수록 산딸기는 점점 더 투명해졌어요 이런 속없는 것! 어금니에서 씨앗들이 갈리는 소리만 기다리는 덩그마니의 속도 모르고 봉분 꼭대기서 꼿꼿하던 한때의 기억을 짐짓 모른 체해가며

뭉그러지는 것과 물드는 것뿐인 산딸기의 일과 누구의 입술에 물들어 설왕설래 속삭이던 한 시절을 융기하려나 폭삭 주저앉아버리려나 설 수도 세울 수도 없이 아래로 아래로만 향하는 늙은 유두와 한마음이 되려나 에이, 설마

유원지의 방식으로

아마도 태어나면서부터 오늘은 내가 가장 조숙한 기분
오늘의 구름은 본격적이고
아무도 다가올 표정을 예방할 순 없어

페달을 밟아요
꽥 꽥 꽥 꽥
호수를 가르는 규칙적인 오리떼의 리듬으로

외발자전거 위에서
빨가면 사과 사과는 맛있어
더욱 빨개진 엉덩이의 전천후성처럼

(하지만 원숭이에게 흉내내기란 결코 쉬운 일이 아니지)

페달을 밟아요
오르간의 작은 발건반을 찍듯
하지만 발끝으론 사과의 상상을 멈추지 말 것

(호흡이 어긋나는 순간 참기 힘들 정도로 표정이 마려워지거든)

서커스단의 고별 공연에서
끝날 줄 모르고 돌아가는 빈 접시의 반동

되뚱되뚱
기울일 곳을 찾는 엉덩이들

(방수 신발 속에 페달을 감추면 그 어떤 표정도 스며들진 못할 거야)

오늘의 구름은 본격적이고
우리는 모두 다른 무늬로 흩어지길 원했지만

페르시아 소년들

음력의 풍속은 소용없었어
우기의 일과가 그리워지면
빗물이 가득 담긴 양동이를 들고
들판에 오르면 된다네

우리가 찾는 것이 꼭
오늘의 염소는 아니지만
알리바이를 증명하듯 잠자코 누운
어제의 염소들아
어서 코를 박고 양동이를 핥으렴
오래 재워둔 빗물이란다

비 냄새를 맡고 장화처럼 얌전해져서
메에—메에
눈동자를 오므리는 염소들

뿔을 탁 치면
비어 있던 뿔 속으로 바람 맺히는 소리
지겹지 않니
오늘도 조금은 무거워진 시늉을 해야 하다니

근면한 농부처럼 비가 움직일 조짐
그 아래서 순수하게 물들 자신이 있다면
돌아오면 된단다

길들여진 구름이 부르는 경쾌한 춤을 허리춤에 매달고

페르샤 페르샤
명랑하게

구름왕

하오의 구름은 아름다웠어

구식으로 바람이 불고

우리는 지우개만으로 그림을 그리네

덧칠된 햇빛햇빛

오늘도 구름을 망쳤어

뭉게뭉게 뭉개진 구름의 아이들

한번 본 건 절대 잊지 않는다는

코끼리의 눈을 가질 수 있다면

다정한 홍채에 대해 반응할 수 있을까

*

구름의 아이들이 발을 구르고

구겨진 발들이 저마다 소리 지를 때

그러데이션에 실패한 구름에도 소실점은 찍힌다

어떻게 매순간 아름다울 수 있지?

균일하게 반복되는 고백성사처럼

고백이 성사를 낳고 성사가 고백을 키우면

우리는 자주 유원지 같은 기분이 들어

세상의 어떤 밀담에도 가담하지 않기로 하였지

*

하늘이 허기진 저녁을 달달 볶아 붉어지면

다리가 여섯 개뿐인 의자에 앉아

폈다 접었다 새로운 다리를 만드는 구름의 아이들아

잃어버린 것들을 완전하게 잊는 방법을 알고 있니

저녁의 입술입술

쉿!

침묵을 말하는 검지손가락검은손가락

비밀로 녹는 솜사탕솜사탕

대답 없는 주머니속주머니

복화술로 훈육된 염소들염소

우쿨렐레 우쿨렐레* 춤을 추면

*

실측한 구름보다 가벼워진단다

우리는

구름을 흠애하는 코끼리의 망막은

* 네 개의 현으로 이루어진 하와이 전통 악기.

2부

건조주의보

쥐꼬리톱이 우글거리고 나뭇가지보다 먼저 잘린 바람의 띠가 미친 듯 춤추는 구간이야 겨울을 껴입은 인간들이 줄에 매달린 바지처럼 부푼 발을 말리며 유순해질 때 우리는 이동식 의자에 걸터앉아 오늘의 토성(土性)으로 감정을 도정하는 물체들 한 발짝 내디디면 무심하게 벽이 헐리고 또 한 발 내디디면 무한하게 바닥이 다져지는 운명 흙은 매일 태어나니까 우리는 마른 흙을 찍어 먹으며 미네랄을 그리워하는 사물들 걸으면 걸을수록 길어지는 길 뭉개고 뭉개도 망가지지 않는 발자국 뿌리 뽑지 못해 끝내 소양증을 앓게 된 길 끝에서 긁적이며 돌아오는 한 켤레의 발이란

꽃밭에는 꽃들이

동물성이라곤 전혀 없는 지붕이야, 첫째가 말했을 때 은밀한 식물들이 치마 속을 내보이며 웃었다네. 웃음에도 색조가 있다면 하양과 아이보리를 반씩 닮은 웃음이었네. 지붕을 떠받치고 사는 일로 근육을 앓는 둘째와 셋째가 손바닥 인사를 나누며 얇고 축축한 지붕에 대해 고백한다네. 몸 전체가 귀이고 입이어서 한목소리만 듣고 한가지로만 말하는 식물을 알고 있는 둘째와 셋째가 서로의 새끼손가락을 뚝뚝 끊으며 긍정한다네. 시끄러운 덩굴식물의 뿌리줄기처럼 자주 뻗어나가기도 오그라들기도 했던 넷째가 분질러 부려진 손가락들을 흙덩이로 잘 씻어 말리는 그늘, 뜯어내면 뜯어낼수록 식물성으로 돋아나던 굳은살이라니. 애써 표정을 참고 있던 다섯째가 잘 마른 손가락으로 삽목(揷木)을 시도하는 동안 나는 지붕 아래 여섯째가 되었지만 더이상 접붙일 말을 찾지 못했다네. 다만 손바닥으로 정성껏 싼 손가락들을 손모가지째 꺾어 지붕 한가운데 심어둘 뿐이라네. 채종(採種)에는 영 소질이 없는 첫째였으므로. 그러므로 이것은 공중에서 자라는 채마에 관한 이야기가 아니라네. 묵정밭의 일과에 관한 이야기라면 또 몰라도.

입양아

화단에 묻히기로 한 건 그리 어려운 결정이 아니었다 물고기는 평생 세로의 기분을 이해하지 못하겠지 첨벙 바다에 뛰어들고 싶었지만 물구나무라도 화단의 형편이 나을지 몰라

언니는 새벽잠을 미루고 부엌으로 갔다 고무 대야에 불린 팬티를 빨고 있는 언니 캄캄한 어깨로 검은 춤을 추는 것만 같은 공기엔 색깔이 없었다

언젠가는 꼭 다시 태어날 테니까 언니는 멘스를 비밀로 삼았다 가랑이 사이로 갓난아기가 걸어나오기 전에 하우 아 유 파인 쌩큐 앤드 유 언니는 부모를 결심했다

언니의 인사법은 나날이 구체적이 되었지만 어른들은 아이를 잘도 잊어버렸다 물구나무를 오래 서면 갓난아기 얼굴과 비슷해진단다 그럴수록 고무 대야에 붉은 바다가 자주 담겨지고

수면에 찍히는 물결무늬처럼 흙으로 반쯤 뒤덮인 언니의 가랑이가 화단에서 구부러졌다 펴졌다 구부러졌다 했다

아가미부터 서서히 야광으로 변해가는 거였다

생활의 길잡이

삼촌, 우리 엄마한테 욕하지 마요* 엄마는 하얀 봉투를 싫어해요 참 잘했어요 도장 속 어린이들이 삼촌 주먹에 질려 보라로 떨고 있잖아요 이제 곧 저녁이니 파 껍질을 벗기고 양파처럼 얌전히 계세요

한결같은 자세가 불만인가요 보편적인 타격의 식순에 대해 고민할 때 삼촌 주먹은 점점 양파를 닮아가요 똑같은 표정을 부르는 둥근 생김이

한 알에서 다 까먹는 공기놀이의 편협한 규칙 같아요 일 년만 더 채우면 오십 년인데 할아버지는 자꾸 꺾기에서 한 알을 놓쳐요 손바닥을 빨아들이는 할아버지의 얼굴을 까먹을 때마다 삼촌의 어깨 위로 무지개가 떠요 모든 떠오르는 건 근사한 일이지만

엄마는 기지개가 아프대요 빨주노초파남보로 살기 바랐지만 삼촌은 주노초파남보빨 혹은 보남파초노주빨 된 발음의 세계에서만 살잖아요 긴말 필요 없는 이상하기도 이가 상하기도 하는 그 세계에서 썩은 비유는 있어도 더 이상 상할 비위는 없는 것처럼

무지개는 햇빛 속에서만 사니까요 삼촌 주먹이 바람을 때려눕히며 광포로 달릴 때 햇빛들은 산산이 그림자를 토해내요 햇빛 대신 그림자를 주머니에 찔러 넣고 돌아

올 때마다 엄마는 하얀 봉투 속에다 표정을 부셔 넣고 울어요

시절의 행방으로 살기 바랐지만 늘 순간의 한 방으로만 기억되는 삼촌 삼촌의 손바닥 안으로 빨주노초파남보 무지개 빨려들어가면 저기 저 골목 끝에서 똥파리 씹은 표정으로 한 무리의 햇빛이 걸어나오고 있을 거예요

* 영화 〈똥파리〉의 대사.

사칙연산의 날

마저 우는 사람은 거의 없고
곡물의 기분을 이해하게 된 처음의 날에
엄마는 남은 초를 위해 나를 결심했나
자꾸만 케이크에 구멍을 내고

나를 버리고 엄마와 처음 사귈 때
서른다섯 살이던 나는
엄마와 헤어지고 나서
간신히 음력을 이해하네

두 개의 유방이 같아지도록 어깨를 흔들며 울고
춤을 추다가 우리는 만나게 될까
같은 높이의 스테이지에서
비슷한 스타일의 콧수염들과

달력은 5일에 한 번 작은 글씨가 되고
혼식을 권장하는 사람들은 거의가 건강하지
종교를 바꾸고 처음 맞는 요일을 뭐라고 불러야 하나

엄마가 숨겨놓은 초를 모두 찾으면
촛농처럼 알록달록한 기분으로 노래 불러야지
해피 버스데이 투 유, 입가에 묻은
투데이 송은 끝날 줄 모르고 끝나가는데

엄마는 왜 나에게 맡겨둔 생일을 찾아가지 않나

뒤집어라 엎어라
혼자만 다른 손바닥처럼 엎어져 등허리를 맞고도
도대체 속셈이 뭔지 모르고

빨간 얼굴 테스트

□ 엄마와 아빠가 이스트를 나누어 먹고 나를 낳았습니다.

□ 태어나자마자 앞니로 손톱을 잘린 아이는 둥그렇게 숨죽이는 자세를 먼저 배웠습니다.

□ 고릴라는 모두 B형, 강아지는 모두 열세 개의 혈액형을 가지고 있다는 사실을 알고 있습니다.

□ B형만이 척추동물과 사교적으로 지낼 수 있는 건 아니라고 생각합니다.

□ 아카시아 잎을 홀수로 뜯어내며 구성원의 숫자를 거짓말한 적 있습니다.

□ 버림받지 않기 위해 스스로 저렴한 소문이 된 사람을 압니다.

□ 난생처음 들어보는 낱말이 어느 종(種)의 이름인지 맞혀보라는 질문을 받은 적 있습니다.

□ 돌림자를 피하기 위해 일부러 엎드려 잠드는 습관을 만들었습니다.

□ 이름에 들어간 받침의 유무로 부모의 성정을 파악할 수 있다고 믿습니다.

□ 동그라미보다 가위표로 빈칸을 채우는 평범한 달력을 선호합니다.

□ 내일 하게 될 거짓말에 몰두하며 잠자리에 들 때면 설탕이 간절해집니다.

□ 끊임없이 몸이 부풀고 여전히 가루에 중독되어 있습니다.

희치희치

멎지 않는 구름을 그리고 싶어
우리는 구정물을 구겼다
공중의 질감을 이해하는 자매가 되기 위해
여러 개의 귀를 열고
자는 양 오래 물결소리를 들었지
귓바퀴의 진동으로 상상력을 키우며
태어나 처음 밀어낸 혼잣말이
맨 처음 들었던 귓속말임을
몰래 믿었다

*

외계에 인색한 성품은 소문에 관대했지만
사교적이 되기를 결심하는 대신
겉돌수록 밝아지는 가족들
수치스러움과 아름다움은 같은 맛이다
나를 낳는 자들아
우리는 어색한 순간에 웃었지만
웃을수록 허술한 기분이 되어버렸지

*

비밀스럽게 칠하자
빛을 삼킨 백동전으로

희치희치
위험한 소원이 이루어지듯
구정물 속에서 가족들이 손을 잡고 걸어나올지 몰라
우리는 서로의 찡그림을 재현하기 위해
스스로의 뺨에 틱(tic)을 묻혔다

당신들의 인사

해가 정수리보다 높아지기 전에
사내들이 모인다
육체가 빠져나간 옷감을 가득 지고서
고추를 흔들며

그것이 당신들의 인사입니까?
(아마 당신은 모르고 있겠지요)

사내는 거품도 없이 옷감을 헹군다
착 착
착 착
중력은 누구에게나 공평하게 도착하고
흰빛은 검은빛으로부터 무한……
우물에서 건져진 검은 빨래들이
우주의 밑단을 질질 끌며
지붕으로 올라간다

오늘의 기후를 수놓는 방식으로
소매를 만들고
주머니를 얻고
하늘에서 하늘색을 발라낼 것 같은 안간힘으로 펄럭이고

차내지 않고 내일을 맞이하기 위해 배만 덮고 자던 아
이들은

비누 풍선의 세계를 알아간다 점점
눈 속에 흑점을 키우면서
고추를 흔들며

피의 진로

이것은 저무는 구근과 자라나는 돌멩이에 관한 이야기;

주렁주렁 매달린 가지를 끊어내고
보살피지 않자 기어코 아파버린 구근은
자신을 살리는 방법으로 독을 퍼트린다

온종일 자신의 주먹을 쳐다보며
나는 식물이다
이따금씩 손가락을 펴 세어보면서
뿌리들이 발육을 시작했다고
조심스럽게 손톱을 기르는 사람

숨쉬는 것들은 빛을 쏘여야 살지
한낮의 태양을 통째로 삼키고는
심장이 퉁퉁 붓는 사람

물속에서 키운 돌멩이는
피를 식게 하는 효능을 가졌다고
돌멩이에 눌려 물가에 누워 있는 사람

심장보다 발을 높이 두고 잠들면
발목 아래에서만 겨우 식물이 되는 것들

돌멩이가 풀리기만을 기다리고 있다

태양의 실족

바누아투 부족은 구름을 야호웨라 부른다 야 하고 부른 다음 호 하고 그리워할 때 웨 하고 벌어지는 입술처럼* 갇혀 있지 못하고 새어나가는 것들은 언제나 슬픈 몸을 하고 있다

그리움의 음절로 구름을 발음할 때 내 안을 구르는 어떤 기억도 그들과 합세하지 못하였다 버리고 싶은 기억의 조각들만 떠다녔을 뿐 지상의 모든 그리움을 합하여 야호웨를 부를 때 나는 그들이 바람의 표정을 세공하는 것을 보았다

바누아투의 닭과 돼지가 피자두 같은 울음을 울 때 갈라진 흙덩이가 알뿌리를 토해낼 때 게으름만큼 거룩한 노무는 없다 이것들이 다 그리움의 족속들 잘 익은 돌멩이를 삼킨 것처럼 화한 마음으로 나는 그들을 구름의 백성이라 부르겠다

구름의 백성들이 간절한 목소리로 야호웨를 부를 때 수수만년을 떠돌던 여호와들이 다녀가기도 한다** 너무 커다래서 닿을 수 없는 것 야호웨가 또다른 야호웨를 다른 야호웨가 모든 야호웨를 비유할 때 맹목을 이길 수 있는 낱말은 어디에도 없다

한낮의 해를 맨몸으로 받아내면 가슴팍 위로 구름과

여호와가 붉게 교차한다 십자가 속으로 전족을 한 어린
계집처럼 절뚝거리며 붉게 우는 태양이 실족하는 것을
나는 보았다

내 몸을 해의 집으로 내어주고 싶어라
태양이 머리를 누인 자리에서 몸 뒤치지 않고
야호웨 야호웨
오래도록 그리운 이름들을 외겠다

* 이성복의 「입술」 중 "입술은 그리워하기에 벌어져 있습니다."
** 바누아투 부족에게 '야호웨'는 '여호와'와 '구름'의 동음어.

1/75초

바람이 다 울어놓은 공중에서
돌의 내장을 움켜쥐는 거
움켜쥔 힘으로 돌의 피를 만드는 거

손목으로
팔오금으로
옆구리로

심줄 없는 돌의 창자들

어깨로
뺨으로
이마로
흐르게
흐르게 하는 거

하늘을 이고 떠 있는
쭈글쭈글한 돌의 진피들

바람의 탁성을 따라
여일히
여일히

피의 부력을 느끼는

순간

술빵 냄새의 시간

컹컹 우는 한낮의 햇빛
달래며 실업수당 받으러 가는 길
을지로 한복판 장교빌딩은 높기만 하고
햇빛을 과식하며 방울나무 즐비한 방울나무
추억은 방울방울*
비 오는 날과 흐린 날과 맑은 날 중 어떤 걸 제일 좋아
해?**
때 지은 평일의 삼삼오오들이 피워올린 하늘
비대한 구름떼

젖꽃판같이 달아오른 맨홀 위를 미끄러지듯 건너
나는 보름 동안 아무것도 하지 않았습니다.
나도 후끈 달아오르고 싶었으나 바리케이드
가로수는 세상에서 가장 인간적인 바리케이드
곧게 편 허리며 잎겨드랑이며 빈틈이 없어
부러 해놓은 설치처럼 신비로운 군락을 이룬
이 한통속들아

한낮의 햇빛을 모조리 토해내는
비릿하고 능란한 술빵 냄새의 시간
끄억 끄억 배고플 때 나는 입냄새를 닮은
술빵의 내부
부풀어오른 공기주머니 속에서 한잠 실컷 자고 일어나
배부르지 않을 만큼만 둥실

떠오르고 싶어

* 1991년에 발표된 애니메이션 제목.

** 〈추억은 방울방울〉에 나오는 대사.

3부

이응의 세계

숲이라 불리던 나무들은 한동안 자라기를 멈췄다
그림자를 잘게 부수는 데에만 밤과 초록을 쓸 때
먹는 것에 색의 이름을 처음 붙인 사람은 누구지?
나는 밤과 오렌지가 좋은 사람
일부러 맞춤법을 틀리게 쓰며 친해질 때
아이들은 자주 도시락을 나누어 먹었다

나무 밑에 둘러앉은 무리가
그늘이 짜놓은 레이스를 뭉개며 시끄러울 때
공원 벤치는 요의(尿意)를 겨우 참는다
챙이 넓은 모자로 얼굴을 덮고 잠든 척하는 남자와
빈약한 가슴을 감추기 위해 엎드린 여자
다른 물을 먹고 자란 꽃들을 하나의 병에 꽂아두고
같은 냄새를 견디게 하는 일 사이
투명한 벽을 종교로 삼은 늙은이들이 있다

마른 몸에 액체를 바르고
쓴맛과 단맛이 뒤엉켜 둥글어질 때까지
실온을 견디는 열매와

다 다른 맛이 날 때까지
손가락을 빠는 내가 있다

리아스식 오후

해변을 거니는 하얀 발목과
끌리는 레이스, 텅 빈 벤치가 있다
준준하게 레이스를 떠 바다에 넣어주는 여인들

+
한 손으로는 트렁크를 끌고
한 손으로는 물잔을 들고 물밑을 응시할 때
몸을 구부릴 때만 하나로 합쳐지는 두 얼굴

+
손바닥에 입맞추기를 강요하는 의붓 애인
모래알을 밀어내며 채도를 가지는 바닷물
손차양은 무심한 각도로 창백해지고

+
짠물을 닦아내기 위해 머리칼을 기르는 소녀
머리가 파랗게 밀린 고양이와의 비밀 돌보기

+
수평선을 지키듯 그저 멀찍이서
공중에 엎드려 매장된 새떼

–
그들을 붙들고

오래 놓아주지 않는 것

토렴

햇빛만 보면 재채기가 시작되는 사람을 알고 있다. 소매 속에 하루치의 빛을 넣어두고서 필요할 때만 조금씩 꺼내 밝아지는 사람.

당신은 매일 같은 시간에 어두운 통로를 지난다. 먼지의 결을 이해하는 촉을 가지게 된 지 오래, 당신은 허름한 스웨터의 올을 풀듯 후드득 시간을 줄여가고 있는 중이다.

통로를 지나면 방이 있다. 당신의 방에서 흘리지 않고 빛을 받아낼 수 있는 건 가루를 빚어 만든 그릇뿐. 위는 넓고 아래는 좁은, 야트막한 굽이 있는 그것을 들여다보는 것이 당신의 묵은 취미다.

말린 생화의 침착함과 떫은맛을 선호하는 당신. 다음 생엔 티백에 줄을 매다는 일을 생업으로 삼고 싶다고 이따금 생각한다.

그릇 안에 조금씩 물을 따를 때 소매 끝에서 희읍스름한 빛이 잠깐 일렁였다 사라진다. 물의 체온과 그릇의 온도가 비슷해지는 과정을 지켜보는 것이 당신의 중요한 일과. 적당하다는 말은 당신이 쓸 수 있는 최고의 찬사다.

물이 이동을 멈출 때까지 당신은 손금을 들여다보면서 죽음이 머지않았다고 예견한다. 때때로 기다림이 동사라는 것을 잊는다.

4월의 사람들

마빈 게이*

4월 2일에 태어난 아이.

4월 1일에 죽은 남자.

모두 모여 4월을 시작하네.

사라진 가수가 들려주는 난수표의 음정을 귓속에 모으고 쏘울이라고, 싸움이라고, 권총이라고 발음하며 걸을 때

염소들

안녕? 염소들아. 귓속을 떠다니는 음표를 해독하며 초원을 걸을 때 만나는 너희는 평범한 염소들. 중력을 이기지 못해 뒤뚱대는 구름을 등허리에 싣고 온몸으로 초원을 증명할 때, 안녕하세요? 양치기 십장. 당신이 염소들의 주인입니까. 아닙니다. 나는 염소를 놓아주는 일을 합니다. 평범한 염소들이 가지런한 바람을 뿔로 찌를 때, 찢어진 바람의 낱개들이 서로 엉키지 않도록 풀어주는 일을 할 뿐입니다. 그렇다면 즐거울 땐 눈으로 웃고 아플 땐 입으로 우는 염소의 진심은 어떻게 알아채야 합니까.

아버지들

보고 있어요? 생일축하 파티를 하러 모인 아들들. 일그러진 공기를 가득 집어삼키고 협착된 혀로 로맨틱 쏘울이라고, 그건 싸움이라고, 결국 권총이라고 발음할 때, 아버지 아버지, 모두 우리가 잘못되었다고 생각해요. 하

지만 그들이 누구이기에 우리를 심판하나요?** 아들들의 노래가 물컹하게 진동할 때

초원의 노래

짤랑짤랑 소리 나는 손인사를 나누며
한 번도 가져보지 못한 비밀번호를 가지고 싶다고 되뇌는
4월의 사람들.

* 생일 하루 전, 부모의 싸움을 말리다가 화가 난 아버지가 쏜 권총에 맞아 목숨을 잃었다.

** 마빈 게이의 노래 〈What's Going On〉의 가사.

27세 멍청이 클럽

1

이 시간쯤 늘 시작되던 소음이 들리지 않아 잠에서 깨어났어. 해골 무늬 셔츠를 입은 남자와의 하룻밤이 욕실 바닥에 뒹굴고 있더군. 흑발의 가체, 더러운 욕조, 핀업걸이 웃고 있는 어깨…… 열네번째 타투를 어디에 할까 고민하며 살을 문질러.

2

월드 투어는 엉망이 되어버렸어. 몇 번이나 리듬을 잃고, 마이크를 던지고, 청중을 돌려보냈지. 사람들은 무궁무진한 얘깃거리를 보채지만 그래도 괜찮아. 내 인생에는 그것보다 훨씬 중요한 일이 일어나고 있으니까.

3

있습니까, 거기 있어요?

당신들은 나를 귀찮게 구느라 시간을 탕진하고 있어요.

4

문을 두드리던 사람들이 고함을 삼키고 이내 킁킁거릴 테지. 문틈에 바짝 코를 갖다 대고 독한 술처럼 오늘의 나를 냄새 맡을 거야. 우르르 몰려다니며 미어캣처럼 허리를 늘리는 그들이 우스워.

5

그거 알아? 똑똑한 사람들은 나에 대해 거의 모든 것을 알고 있지만 단 한 가지를 모르지. 정상적인 생활을 하려면 극단적이 되어야만 하는 사람이 있다는 걸 이 세계가 이해하지 못하는 건 어쩌면 당연해. 나는 아이라인을 검게 더 두껍게 그릴 수 있는 스물일곱인데.

6

오늘밤 나는 환대를 받으며 입성하게 될 거야. 깨끗이 비운 포도주 병의 코르크를 가슴 사이에 끼우고 기타와 권총이 나란히 새겨진 27세 클럽*으로!

이제 음력의 나이로 지구력 따위 시험하지 않아도 돼. 난 쭉 제정신이 아니었지만 이제야 집으로 돌아온 것 같은 기분이 들어.**

* 27세에 요절한 아티스트들의 사후 소속 기관. 브라이언 존스, 지미 헨드릭스, 제니스 조플린, 짐 모리슨, 로저 맥커넌, 커트 코베인, 에이미 와인하우스 순으로 가입되었다.

** 에이미 와인하우스의 노래 〈Rehab〉 가사.

포춘쿠키

회피하거나 반납할 수 있는 운세를 만날 확률은 없습니다.

달이 부풀어오를 때는 외출을 삼가고, 그 반대일 때는 묵은 관계를 털어내는 것이 방도입니다.

올해도 많은 사람들과 플래카드 뒤에서 만날 것입니다.

지도와 타임 테이블에 거짓으로 서명할 기회가 생기겠습니다.

식생활 실천 사항을 어기면 수면 장애가 서서히 개선될 것입니다.

자신의 가계를 속되지만 견고한 문장으로 표현할 수 있는 이성에게 신뢰를 가져도 좋습니다.

필체를 보고 성격을 맞힐 수 있다고 확신할 때 관계를 발전시킬 수 있겠습니다.

행동에 순서를 매기고 조심성을 버릴 때 혈액형을 긍정하게 될 것입니다.

주머니가 없는 옷을 고집한다면 구설에 휘말리지 않을 수 있습니다.

문장부호를 의성어로 낭독할 수 있게 된다면 새로운 직업을 만들 수도 있겠습니다.

종일 웃어야 하는 감정노동을 경험하게 될 것이고, 그리하여 식물도 지능이 있다고 믿게 될 것입니다.

역학의 비밀을 비웃을 수 있는 꿈을 꾸게 될 것입니다. 가령 인력과 척력의 대상이 완전히 뒤바뀌어버리는.

부서진 쿠키 조각의 수만큼 새로운 얼굴과 호칭을 얻게 될 것입니다.

덜 자라 왕왕 짖는 개에게 새 달력을 불러주면 서서히 다음 해가 도착할 것입니다.

선천성 미안 증후군

종이 반죽으로 탈을 만들어 썼다

뒤통수가 완벽해졌다

손등의 점보다도 작은 구멍으로
인형들의 동공이 커졌다 작아지는 걸 지켜본다

누군가의 실험 동물이 된 것처럼

빨대로 유동식을 쪽쪽 빨아먹고
식전에 최소한의 물로 알약을 삼키면
형광색 오줌을 볼 수 있다

*

이 방에선 내가 제일 작아진다
온 뺨에서
방금 죽은 시금치 같은 냄새가 나
침이 고이면

잘 씻어 말린 그릇에 코를 박아 넣고
킁킁
킁킁
냄새 맡는 것에 중독되고

인상을 고치기 위해
오늘은
말간 밀가루풀을 쑬 것이다

*

이봐요, 거기!
이리로 와서
내 머리통 좀 잡아줄래요?

네모의 맛

간밤에 누군가 구획을 표시해놓고 갔다

가판대에 누워 있는 초코바처럼
착해 보인다고 선불리 말하는 이웃집처럼
죽이지는 않고 뒤집어둔 벌레처럼

*

아무도 웃는 사람이 없을 때
개가 짖는다

*

거실에서 돌려 신는 슬리퍼처럼
아무나 열어보는 담벼락 꽃봉오리처럼
나와 같은 이름을 쓰는 아기가 계속 태어나고
철학관에서는 낡은 이름일수록 신뢰를 얻는다

*

아주 근사한 일에는 관심 없다는 듯
갓난아기의 주먹을 간신히 펴 하얗게 만들기
꽃을 먹는 어미 개의 귀를 가만히 접어보기
망고를 뒤집기 위해 십자가 그리기

*

간밤에 누군가 구획을 표시해놓고 갔다

웃는 사람들은 가로로 웃고
우는 사람들은 세로로 운다

아무도 흔들지 않는 창문에서
그들을 훔쳐보기

다섯번째 계절 그리고 피크닉

—산불관리요원에게 보내는 알락하늘소의 마지막 메시지

친구들과 나는 눈이 나빠서 숲에 살아요 초록을 많이 보기 위해 작은 것을 자세히 알기 위해 모든 사물에서 기어코 눈 코 입을 찾아야만 마음이 놓이는 건 기울어진 습관입니다

오늘도 깎은 과일을 도시락으로 먹는 당신 간지럼에 약한 식물처럼 어깨를 움츠리고 미숙하게 웃는 어린애 강아지풀을 뽑아 산중턱 나무들에게 모빌인 양 흔들어 보여줍니다

나는 내성적이고 화가 나면 끊임없이 걸어야만 하는 고약한 성미를 지녔지만 싫증이 많아 낙담도 오래 못하는 당신의 성격과 제법 어울린다고 생각해왔어요 당신이 씹다 버린 껌을 빵 조각으로 착각하고 삼킨 후투티와 내가 모르고 깨문 땅강아지는 임의로운 사이가 되었고요

매일 같은 벤치에 앉아 매일 조금씩 다른 자세로 끄덕이다 가는 당신 당신 이름 대신 호칭으로 불리는 데 익숙해진 어른처럼 나는 서로의 버릇을 고치고 싶어하며 촌스러워지지 않을 수 있어요

공원 문이 잠기면 나무들은 일제히 아름다운 대열을 찾기 위해 분주합니다 새로운 폐곡선을 발견한 녀석들이 몰래 숲을 빠져나가기도 한다는 걸 아직 아무에게도 말

하지 않았어요

모퉁이를 도는 당신의 뺨이 꿀색으로 빛날 때 내 마음은 인간보다 인간다워서 좋은 것은 다 가지고 가장 원하는 것만 못 가진 사람의 표정을 곧잘 흉내내곤 합니다

축지법을 쓰며 달려오는 구름과 천둥을 준비하는 개미들의 밤 큰 비가 한 번 작은 비가 네 번 지나가고 나면 떠날 수 있을까요 평범한 시간을 함께 보내면 생기는 것들 이를테면 우정 같은 것이 우리에게도 돋아나기를 바라면서

보름째 빗물을 마시지 못해 나는 조금 어지럽지만……

그래 오늘 안녕 사과

시보와 함께 공개되는 구름이 있다

검색창에 날씨를 치면 지구 온난화에 관한 기사가 쏟아진다

누군가 조그셔틀을 쥐었다 푼 것처럼 구름이 꼭 애니메이션 같아

옆집 꼬마는 ADHD에 걸렸다는 진단을 받고도 짝꿍을 철석같이 믿는다

순진한 아이들은 기온차를 느끼면 눈동자의 색깔이 달라지니까

하루에 한 개의 횡단보도도 건너지 못하는 날이 있다

물컵은 어제의 물을 오늘의 물로 잘도 바꾼다

모르는 아줌마가 쇠망치 같은 주먹으로 문을 두드리는 이유는 우리집에 십자가 스티커가 붙어 있지 않기 때문이다

친절한 이웃들의 농담은 이내 제철 과일의 기분으로 흔해빠지고

나의 채식주의는 달걀과 우유를 먹지 않는 것

뜨거운 물을 끼얹어 갓 껍질을 벗긴 토마토 같은 빛으로 저녁이 몰려올 때까지

사과를 아이처럼 귀여워한다

1인 가구의 구성원은 잠들기 전까지 꼭 한 번 웃어야 합니다

텔레비전은 무언가 실천하는 사람의 등을 자주 보여준다

아무도 내 그림자를 재활용하지 못하도록 쓰레기봉투를 잘 묶어 내놓는 밤중

오늘도 피클 냄새가 진동하는 할머니와는 자지 않을 것이다

7인실

엄마는 마호병이라고 불렀다
따뜻한 것을 따듯하게
물보다 무겁게
내용물을 감추고 있는

나는 타인의 오염엔 관심이 없었는데
무언가를 돌보는 일이 직업이 된 사람 같았다
삶은 면(綿) 위에 누워서
구름이 꼭 수란 같아요, 엄마

유아원의 낮잠 시간을 떠올리지 않을 수 없었다
잠들기 위해 노래를 부르고
사람들은 카니발의 색종이처럼 울다 웃고
이목구비의 순서를 정하지 못해
안절부절못했다

결벽이 꼭 결백한 것은 아니었다
결백이 꼭 결벽한 것은 아니듯이

딱딱하고 빛나는 것은 없는 새해
화병에 꽂힌 꽃들은
제 몫의 물을 조금씩 남기고 죽는 습관을
끝내 고치지 못하고

별도의 보호자 없이도 커튼이 무거워지는 것을 느꼈다.

눈뜨고 자는 법

필요한 것은 고장난 귀. 낡은 기차표. 통로 측 손잡이.

어쩐지 어울리는 정서를 개발하지 못한 사람.
머리를 흔들며 포괄적으로 웃어대는 사람.
중요하지 않은 일로 죽을 수 있는 행운을 바라는 사람이 차례를 기다리고 있습니다.

머리통이 양배추에 가까워질 때까지
후숙 과일의 운명을 닮은 우리는
아직 아무런 맛도 없습니다.

주치의와 신경증 내기를 하는 사람.
어색한 사이를 들키며 배웅이 길어지는 사람.
뒷골목에서 희소한 방식으로 오늘의 계절을 염려하는 사람이 뒤따르고 있습니다.

억지로 손톱 깎인 고양이의 손사래로 장식한 지붕.
플랫폼에서 웃는 상으로 짖어대는 개들.

시작도 끝도 없는 돌림노래를 부르며 밤의 마지막 칸을 넘어갈 때

필요한 것은 달의 무늬. 더러운 발. 속눈썹 모양을 한 안대.

4부

새를 덮고 자는 밤

네가 안 되는 것을 위해 기도하며 우는 것을 알았을 때 하늘은 눈뜨고 죽은 짐승을 막 삼킨 것 같은 표정으로 흘러내렸다 아직 짓지 않은 죄 때문에 새가 울부짖는 것을 참는 밤에 구별 없이 모든 창을 닫아걸며 여러 쌍의 무릎을 껴안게 될 때에

Mr. 펀치 드렁크

달빛이 들이치는 방을 버려버리고 비로소 빛과는 무관한 물질이 되었다 믿는 남자 낡아빠진 몰년의 얼굴만큼 내가 우아했던 적은 없어 기억을 헤집으며 표정을 불러오는 남자

하루는 구경거리가 되고 어떤 때는 하루를 구경거리로 만드는 남자 사라짐의 순간을 수소문하기 위해 거울 앞에 은신하는 남자 밤 인사를 위해 손을 들어올리면 윗도리에서 팔이 사라지는 남자 하체를 데려가기도 전에 먼지처럼 풀썩이며 주저앉는 바지의 주인

바람 빠진 고무공에게 마지막 공기 한줌까지 빼앗는 심정으로 반죽을 이기는 남자 어제보다 쉽게 어깻죽지를 쏟아내고 그제보다 능란하게 머리통을 기울이는 남자 팔은 조금 짧아졌지만 여념 없이

손가락에 다다르는 남자 흙반죽이 묻은 손은 끝내 모른 체하고 악관절을 딸각거리며

증강하는 남자 나를 보여줘 혓바닥이 하얘지도록 헛것을 핥는 남자

공기인형 장례식

떠오른다는 건 얼마간 젖지 않을 거란 약속이야 입술을 조금만 사용해서 표정을 그쳐봐 친밀하지 않을수록 더 크게 벌려야 하니까 오늘의 묘비명은 하반신이 밀폐되거나 기우는 방식에 대한 것;

입술 위에 그날의 기분을 얹어놓는 습관은 버리래도!

시든 꽃에게 꽃병을 선물하는 심정이 된다 열쇠를 입안에 넣고 굴리면 혀끝에서부터 쨍한 피의 맛 오래된 먼지의 방에서 혓바닥으로 눈동자를 씻으면 눈물샘이 녹는다는 얘기를 기억해내고

조용한 홍채를 꼼꼼히 핥고 있다 아름다움을 위해 깜박임을 배워주지만 불어넣을 수 있는 빛은 아주 조금뿐 한낮의 햇빛을 고루 칠하는 것은 한밤의 어둠을 골고루 발라내는 것보다 어려우니까

남겨진 빛들은 그림자에도 측면을 가지고 있다고

결심하지 않은 순서대로 몸이 부풀면 전지와 전능 중에 더 인간적인 능력을 사하고 싶어

그보다 먼저

입김이 부는 방향대로 말의 기억을 없앨 것

술사(術師)의 탄생

가오나시*

우리의 방이 마침내 헐거운 가면의 소유자들로 가득 채워진다면 율동과 억양이 없는 아침을 맞게 될 것이다. 허기와 외로움에 찌든 눈동자는 끝내 밤이 될 수 없는 저녁을 골라 도래하고, 나는 지켜지지 않기 위해 태어났으므로……

변검(變臉)의 나날

변검술의 효능을 아직 체험하지 못한 자들이여. 갱도를 막고 연기를 피워라. 자세를 낮추되 고개를 들어 굴진하라. 두 눈의 깜박거림은 자제와 절제 사이를 오갈 것. 사람의 말을 알아듣는 사람 아닌 것을 처단하라. 코 위에 붉은 뿔이 자라고 하루에 일만 팔천 리를 달리는 짐승. 짐승의 근육을 최초로 속사(速寫)한 자여. 그대의 손목에 매어질 붉은 실을 경배하라. 손목을 딸각이는 순간, 지하세계의 문은 잠기고 그대의 얼굴에 짐승의 탈이 덧씌워질 것이다. 이제부터 이곳은 변검의 전래지로 기록될 것이니 더이상의 개갱을 포기하라.

틱(tic)을 앓는 소년의 자술

재채기를 할 때마다 펄럭이는 것은 다름아닌 내 얼굴입니다. 머리통 대신 제본된 갱지를 매달고 태어난 내 이름은 다름아닌 한 권의 책입니다. 바람이 불어올 때 요점을 발췌하듯 흩날리는 것은 다름아닌 내 표정의 일부입니다. 한 페이지가 채 뜯겨나가기도 전에 존재하지 않는 문장의 주인들이 묽은 침을 바르며 갈피갈피 서성입니다. 오래 묵은 표정으로 재채기를 반복하면 공기는 금세 헌것이 됩니다. 이런 나의 하루를 요약할 수 있는 음절이 감(感)인지 증(症)인지 궁금합니다만 오늘도 누군가는 아름다운 문장을 훔친 듯 붉어지는 페이지로 기억될 것입니다.

* 애니메이션 〈센과 치히로의 행방불명〉에 등장하는 얼굴 없는 요괴.

축문

단기와 서기의 월일은 고할 수 없사옵니다
하여 새의 깃털을 뽑아 붓으로 쓰나이다
한 번도 그림자를 들키지 않은 종(種)이옵니다
네발 달린 짐승은 위장 속에 씨앗을 숨겨 달아나고
도닥도닥 얼러도 생육을 배반하니
두 발 달린 가금의 피를 고아 쓰나이다
눈알을 굴리지 못하는 병을 가지고 있긴 하오나
역병이 돌아 살이 짓물러 곤죽이 되어도
털갈이를 하지 않는 계통이옵니다
껍질이 싸고 있는 속엣것이 단단할 리 만무하니
껍데기는 버리고 테를 동인 널빤지에 쓰겠나이다
올해 처음 목과(木果)를 낳은 어미나무이옵니다
까닭 없이 우물에 빠진 달을 건지려고 허공에 손을 찔러 넣고
바람을 섞고 또 섞는 습성을 가졌사옵니다
이리 쓴 것을 문설주 앞 돌멩이로 눌러놓사옵니다
소리를 먹고 자라 일생 이명(耳鳴)에 시달리는 돌이옵니다
이따금 웅 웅 웅 혼잣말로 떨리다가는 말 것이니
어여삐 굽어살펴주시옵소서
물기를 버린 달의 밤
맑은 술과 별을 함께 구워 올리니 삼가 흠향(歆饗)하시옵고
촛농으로 없는 입을 봉하시매

기꺼이 무덤의 시간으로 드시옵소서

공녀(貢女) 이야기

이름대로 늙는다는 노파의 말을 믿었기 때문에
아무 이름이나 붙여 나를 사용하도록 했다
되도록이면 의미를 찾을 수 없는
가장 긴 우주의 낱말을 원했다

*

내게 맡겨진 것은
울타리를 치장한 목단이 씨앗으로 바뀌길 기다리는 일
죽음을 입다물고
태어남을 누설하지 않는 입

*

풍문을 묻혀 돌아온 사람의 입술을 씻기기 위해
비(雨)를 분(粉)으로 간직하는 법을 배우고 유리병에 말 대신 불어놓은 것을 천천히 봉한다

*

어울리는 희망이란
늙지 않는 목소리를 감추느라 고약한 배음을 연습하는 것
방심한 상태로 주글주글한 입매를 갖는 것

*

두꺼운 그림자를 거느리고
하루마다 하루만큼 귀머거리가 될 때
처음 듣는 이름을 유언으로 받게 된다고 해도

안식일의 물물교환

처음 발견한 색으로 그날의 요일을 결정하는

엿새 치의 일력, 뜯어낼수록 부윰한 뼈대가 드러나는

짐승의 가죽 소파, 잘 길들어 사람의 사람 아닌 형상을 기억하고 있는

전나무로 만든 숯, 연기를 피우면 비로소 나이테가 새겨지는

이웃들의 비밀 성서, 얼룩진 담요로 침묵을 덮어두는

오래 보관된 머리칼, 백발로 변하기 전에 태워버려야 할

허름한 지도책, 살색과 하늘색만으로 모든 경로가 이어진

몰약이 담긴 유리병, 병 속에서 소용돌이치며 기억을 재배치하는

인디언 인형, 베개 밑에 넣고 잠들면 근심과 걱정을 가지고 사라지는

네모난 기념 주화, 죽은 자의 이름을 나이만큼 부르고 맞바꾼

두 장의 타로 카드, 운명의 수레바퀴와 거꾸로 매달린 사나이가 둥글게 반사되는

먼 나라의 은수저, 하루치의 티끌을 혀끝으로 맛보며 천천히 회전하는……

언두≒Undo

죽은 머리카락처럼 누워 있는 것만으로 완성되는 밤이 있다 검어질수록 자부심을 느끼는 것들 이를테면 쓰레기를 포식하는 뒷골목의 먹색 고양이 더러운 바람을 집어삼키며 허약해지는 광장의 계단 얼음을 먹고 자라는 더운 식물처럼

손타지 않아 어둠을 모르는 자와 어둠을 모으는 자 사이 그러데이션으로 부려지는 어두움의 직계가 있다 균형잡힌 밤과는 무관하게 식물들의 발끝에서부터 오래 준비된 물글씨가 새겨지고

눅진하게 감염된 자들은 소리 내어 물의 메시지를 받든다 *어떤 소리를 들으면 나도 모르게 어떤 색이 눈앞에 펼쳐질 때가 있어요* 설명을 시작하려는 자에게서 소리를 색으로 가둘 수 있다는 체험담을 듣는다 *당신은 뭉툭한 황토색 목소리를 가졌군요 이제 끊임없이 돋아나는 뿔을 상상하며 붉은 목소리를 연습해보세요 맨살에 생고기를 걸치고 초면의 들판을 마구 걸어다니는 기분이 들게 될 테니까* 어둠을 돌려보낸 자들의 메시지 위로

압존법을 골라 쓰듯 철저하게 발음해본다 줄어드는 만큼 무거워지는 전언들…… 머리카락처럼 누워 있는 것만으로 완성되는 밤이 있다

괄시 노트

하얀 벽에 식은 죽을 끼얹고
더는 흘러내리지 않을 때까지 지켜보겠다

나는 애초에 겸양 같은 것과는 거리가 멀었다

액체를 나누고 돌아오는 날에는
기분과 상관없이 손을 씻고 손가락을 맡아라

모든 계절을 변절기라 여기면서
여러 벌의 손을 숨기고 연설하는 자에게 두려움을 느낄 때

모조에 인쇄된 이름을 가지런히 오려
잠들기 전 침대 맡에 두어라

목과 얼굴이 말린 쑥색으로 변할 때까지
나는 너의
뒤숭숭한 꿈자리가 될 것이지만

부러 입꼬리를 참을 수 있다면
두고 볼 것이라는 말은
의외로 무섭지 않게 된다

수면 박람회

독심술 장치, 우리는 꿈으로 연결된 운명적 관계라는

거대 소행성 투시도, 지구와 달 사이에 지름길을 새기는

야광 빗자루, 족적을 지우기 위해 밤에만 출몰하는

달리는 망아지 인형, 사라진 소음의 행방을 좇는

1초 타임머신, 과거는 한 번이지만 미래는 두 번이 되는

웃음 가스, 산뜻한 기분으로 우유의 비릿함을 참게 하는

금붕어 입술, 하품을 칠하고 대신 크게 벌리는

숫자판 뒤에 숨은 초침, 구부러진 시간을 혼자 걸어가게 내버려두는

다리를 저는 의자, 실컷 떨고 난 뒤 독창적으로 엎드린

유기농 라텍스, 물위를 둥둥 떠다니며 하루를 허밍하는

종이 위의 흑마술, 검게 그린 양떼를 냉동고에 넣어두는

들큼한 술, 척력을 이해하는 자들의 침으로 발효시킨

암막 커튼, 내일은 해가 뜨지 않는 날이 될 것이라 믿는

빌려온 얼굴, 끊임없이 내가 발명되며 어둠의 약효를 빌고 또 비는

미래는 고양이처럼*

구름이 한 번도 정면을 보여주지 않은 계절

사람들은 오로지 시력을 맞추기 위해 발을 헛딛는다

꼭 필요한 공기의 움직임만이 있는 방

서로를 탐하던 연인들이 거대한 탄수화물로 굳어간다

하루는 아이와 어울리고 하루는 어른을 연습하는

전능한 자들의 목소리에 화장이 입혀지는 밤

폭설을 참아내느라 지상의 주머니들은 소리 없이 분주하고

염화칼슘을 집어먹은 길고양이는 담장 밑에서 수분을 잃어간다

자고 일어나면 한 뼘씩 지붕이 자라 있는 집에서

어떤 하루는 반성하는 것만으로 밀실이 된다

웅숭그리며 바게트처럼 쓸쓸히 부서지는 유령들

꾸준히 번지고 있는 안개의 출처를 모르고

쓰레기통 앞에 모여 저마다의 입술을 지운다

송곳니를 녹이며 서서히 벙어리로 진화하는

미래는 고양이처럼

* 미란다 줄라이 감독의 영화.

지구생활자의 고백

우리의 고향이 같은 행성이라면 출입구의 잠금장치를 푸는 순간 낮과 밤이 뒤바뀌고 조흔색을 좋은 색이라 믿게 된다면 우리가 대기의 기분을 이해하는 유일한 생명체라면

(플라스틱 구두를 꺾어 신고 보도블록의 검은 선만 골라 디딜 것 엄지 대신 중지를 뻗어 가위 내는 연습을 하고 타이핑은 약지로만 우아하게 경구용 알약은 색깔별로 모아둘 것 머리카락은 아무도 없을 때 혼자 자르고 적어도 백 일 동안은 젖은 채로 보관할 것 허리를 굽히지 않고 물건을 떨어뜨린 것처럼)

(거스름돈은 화단에 버릴 것 유통기한 순으로 장을 보고 왼쪽 어금니로만 씹을 것 매니큐어는 식후 삼십분을 지켜 바르고 카펫의 무늬는 거꾸로 외울 것 옥수수수염을 장복하고 고양이는 냉장고 속에 차게 둘 것 목이 마를 때까지 기다렸다가 눈물을 흘릴 것 지난 계절의 빗물로 빨래를 하고 평범한 양말은 돌려보낼 것 초록색 양파 주머니를 한쪽 발에 신기고 대칭의 습관을 버리도록 할 것 하고 싶은 말은 타지 않게 쿠킹포일에 진력난다는 말은 백 년에 한 번씩만 말풍선 속에)

분진 흡입 열차를 타고 오세요 광물의 감정을 갖기 위해 채식을 결심했지만 애인에겐 아직 말하지 못했어요

한 사람이 솔직해지면 곧 두 사람에게 비밀이 생기니까요 사람들은 벌써 출근했고 여긴 아직도 지구니까요

테라포밍

네가 그린 경계선대로
무지개를 찢을 때
너는 내 미래의 사랑

둥근 막을 핥으면
반짝이던 눈동자
주머니 속 기념주화처럼 빛을 잃었네

너는 관성으로써 어두워지고
나는 타성으로써 무거워져서
우리를 태운 매트리스
귀퉁이가 닳도록 궤도를 도네

아무것도 숨죽이지 않는 시간

스스로 헤엄치지 않으면 가라앉아버리는 물을
무엇이라고 불러야 하나
빛 뭉치를 따라 끊임없이 태어나는 저 문들은

두개의 손 말고는 더 움켜쥘 것이 없어
서로의 몸을 기꺼이 손잡이로 삼을 때
아름답고 위험한 무늬가 맺히네

모든 문이 한 번은 비상구가 될 것이지만

지금은

아무것도 움직일 수 없는 시간

교신

하물며 바람은
자신의 지문을 녹이기 위해
내 얼굴을 만진다

병든 구근의 심정으로
암흑 속을 헤엄치는 돌멩이들에도
살이 자라고

나는 지문을 덜어내고 싶어
매일 고개를 숙이고 인사한다

다정한 위성의 표정으로
우주적 완구들에게